楊淇竹 著
Poems by Yang Chi-chu

王清祿 英譯
Translated by Wang Ching-lu

蘇逸婷 西譯
Traducido por Isabel I-ting Su

淡　水

Tamsui

楊淇竹漢英西三語詩集
Chinese – English – Spanish

台灣詩叢 • Taiwan Poetry Series 07

【總序】詩推台灣意象

叢書策劃／李魁賢

　　進入21世紀，台灣詩人更積極走向國際，個人竭盡所能，在詩人朋友熱烈參與支持下，策劃出席過印度、蒙古、古巴、智利、緬甸、孟加拉、馬其頓等國舉辦的國際詩歌節，並編輯《台灣心聲》等多種詩選在各國發行，使台灣詩人心聲透過作品傳佈國際間。接續而來的國際詩歌節邀請愈來愈多，已經有應接不暇的趨向。

　　多年來進行國際詩交流活動最困擾的問題，莫如臨時編輯帶往國外交流的選集，大都應急處理，不但時間緊迫，且選用作品難免會有不週。因此，興起策劃【台灣詩叢】雙語詩系的念頭。若台灣詩人平常就有雙語詩集出版，隨時可以應用，詩作交流與詩人交誼雙管齊下，更具實際成效，對台灣詩的國際交流活動，當更加順利。

　　以【台灣】為名，著眼點當然有鑑於台灣文學在國際間名目不彰，台灣詩人能夠有機會在國際努力開拓空間，非為個人建立知名度，而是為推展台灣意象的整體事功，期待開創台灣文學的長久景象，才能奠定寶貴的歷史意義，台灣文學終必在世界文壇上佔有地位。

　　實際經驗也明顯印證，台灣詩人參與國際詩交流活動，很受重視，帶出去的詩選集也深受歡迎，從近年外國詩人和出版社與本人合作編譯台灣詩選，甚至主動翻譯本人詩集在各國文學雜誌或詩刊發表，進而出版外譯詩集的情況，大為增多，即可充分證明。

　　承蒙秀威資訊科技公司一本支援詩集出版初衷，慨然接受【台灣詩叢】列入編輯計畫，對台灣詩的國際交流，提供推進力量，希望能有更多各種不同外語的雙語詩集出版，形成進軍國際的集結基地。

2017.02.15誌

序
——《淡水》形式風格與英譯策略

作者楊淇竹的詩歌最令人驚艷的就是類似禪風的「極簡風格」：簡、樸、真。所以翻譯成英文盡可能貼近楊的風格，特別是形式，因為詩歌的形式非常重要，顯而易見，不僅譯者可以充分發揮，讀者也容易感受，楊淇竹的形式十分突出，架構巧思，得力於四種文學手法（devices）：

一、省略標點符號。
二、不完全句子、片語。
三、突然轉向。
四、句子跨行（句意延續到下一行）。

上面前三點都具有省略特色，這種技巧類似漫畫，從某個畫面切換到另一個。也很類似電影導演的剪輯：將拍攝的畫面去蕪存菁。據聞有些導演曾向漫畫取經，以求精準地掌握鏡頭。楊淇竹運用鏡頭捕捉畫面非常有效率，將極簡特色發揮地淋漓盡致，極度聚焦——然而引人又能意會。

所以，翻譯本詩集盡可能將楊淇竹中文詩的極簡風格與形式「再現」於英文，讓英文讀者不僅能欣賞到形式與內容的簡約，也能感受到楊詩人筆下的「獨特台味」——楊淇竹對台灣這塊土地的風土人情、在地的歷史深度、一磚一瓦、一山一水的熱愛。所以翻譯得在詩的遣詞造句、句法、韻律、詩行佈局等方面下功夫；換言之，以詩譯詩。

楊淇竹的詩歌還有另一個鮮明的特徵就是幾乎沒有標點（僅第10首、20首有問號，第10首冒號，第1、5、6、10、14、21、25首省略號），行尾沒有逗號、也沒有使用任何句號。在詩界不用或極少用標點並非今天獨有，但僅少數人勇於嘗試。例如，當代美國名詩人威廉·斯坦利·默溫（William Stanley Merwin, 1927-），他的英文詩也是幾乎、甚至無標點，例如〈Once Later〉整首詩16行沒有任何一個標點符號，留給讀者豐富的想像與聯想。再如更早的美國意象派詩人威廉·卡羅斯·威廉斯（William Carlos Williams, 1883-1963）也是很好的例子。

其實中文古詩並沒有標點，也沒有冠詞，使得詩行看起來很集中（當今的中、英文新聞標題和廣告也是如此）。然而，這不是邁向簡潔的唯一方法，現代中文詩（包括散文）也常常省略主詞、介詞、代名詞等等。這些精簡的方法印證了本詩集的特色：詩行版面清爽、語意簡潔，所以更能聚焦。

然而，一味地追求精簡可能會犧牲清晰，反而造成困惑、歧義（ambiguity）、甚至誤解。但楊淇竹的《淡水》卻非如此，她的極簡若有「模糊」，卻可理解，涵義更多，這是文學性（literariness）的特徵，開放想像及詮釋空間。例如第18首9-10行：「燈，費心串起／珍貴珠鍊」（〈河岸風光〉），第一次讀時似乎還不是很清楚，細讀後反而觸發不同的詮釋與聯想。但絕不是隨意模糊都可以，否則不知所云、言之無物，也無法激發想像。

　　就專業而言，楊淇竹的詩可歸類為「非格律詩」（unmetered verse）。事實上，「自由詩」（free verse）這個名稱反而更普及，雖然過去「曾有」爭議，不過易懂、易記，似無不妥。因為大部分的自由詩沒有行尾韻，有人認為不具詩意。但有人反過來問：有押韻或有格律一定是好詩嗎？只能說見仁見智，各有擁護者。楊淇竹用「當代」白話文，幾乎沒有刻意押韻就是最好的例子。

　　事實上，白話文也可以很精簡，楊淇竹的簡約風格就近似古典中文，套句禪風流行語：「少一點就是多一點」（Less is more.）。印證詩是濃縮、精煉、靈性、感性的結合體，不論是文言還是白話，古往今來、中外皆然，楊淇竹的詩歌就是禪意的最佳寫照。

王清祿（本詩集英文譯者）

淡水
Tamsui

目次

淡水夜景

小咖啡店吧檯
仰頭看夜空
耀眼星子
掉落卡布奇諾中，溶化

秋風徐徐
淡水河畔已將喧囂
抹去

夜，從義式咖啡機
一滴一滴
落入咖啡杯
撫慰
失眠的異鄉客

淡水老街

四溢香味
煎，煮，炒，炸
瀰漫街頭巷尾
倚靠淡水海風

眾多遊客的相機
來來去去
清晰，模糊，特寫，遠景

夕陽沉默觀望
忍受騷動
清晰，模糊，特寫，遠景

不斷翻新的
街頭巷尾

西夕

一抹滄桑

撒在河岸天空

輝煌，藏有悲傷

宣告

別離今日

宣告

將來明日

時間曾流連在

詩人唱和聲

佇足

聆聽自為愛朗誦

聆聽自為生命朗誦

聆聽自為家國朗誦

眾多母語

鏗……鏗……鏘……鏘……

紅樓

唭哩石漆造淡水洋風
外表，紅磚堅強
階梯層層疊疊
疊起紅樓傲視
俯瞰
淡水河岸
日夜變遷

渡船

船，搖呀搖
搖向八里
海風意外
被畫家捕捉
曾經
風華的老淡水
白與紅
相望建築
商人、畫家、傳教者
穿梭其間
沿著風
沿著河岸
風歌唱上個世紀
繽紛顏彩

偕醫館

紅磚建築
一片牆
十九世紀末
斑斕

行醫腳步
暫安置

馬偕為淡水人
洞悉生命

紅毛城

國力興起和衰敗
歷史斑駁
猶存
海洋勢力角逐

紅磚屋裡
主人的語言
嗅端倪
鈴鈴鈴……
服務鈴響
西語、荷文、英語
遞嬗管家智慧
遞嬗時代牽動

帝國之手
誰，甘願放

禮拜堂

天父，求祢寬恕我們！
因為我們知道我們作為和原罪……
　　　　——〈天父，求祢寬恕我們！〉*

¡Padre, perdónanos!
Porque sí sabemos lo que hacemos y pecamos...
　　　　——¡PADRE, PERDÓNANOS!

禮拜堂周末
奏起詩人樂音
祈禱，向神
回……聲……
碰撞管風琴
十層建築
餘音，美妙

*註：安德烈斯（Andrés Rivadeneira Toledo），〈天父，求祢寬
　　恕我們！〉引自李魁賢編譯，《詩情海陸》。台北：城邦，
　　2016，頁18。

小白宮

白宮長廊
柱撐起栱形磚瓦
秋思季節
彎曲彎曲線條
無動於衷
天晴天雨
雲來
雲走
白，剛毅木訥

銅像

總統塑像，過時
淡水人的馬偕先生
早已鑄造一尊尊
銅像
於心
永恆懷念
溫情，足踏遍地

漁人碼頭

碼頭上
沒有漁人
船靠岸

夜，襲來海風
橋七彩色
絢麗星空
平日觀夜景人

碼頭上
來了詩人
船啟動

夕陽，餘暉粼粼
詩興映照
午後雲朵
追尋詩風吟詠

詩，你如何來

詩人嚴肅
尋問……
你是詩人？
安德烈斯（Andrés Rivadeneira Toledo）西語宏亮：
詩，典律概念，非自主性
（*Poesía es rn concepto heterónomo, no autónomo.*）
談詩，讀詩，訴說情感

馬里奧（Mario Mathor）承接西語流暢
細訴……
詩，你如何來
去年日月潭觸動詩情
一首即興
詩，靈感瞬間
無法，無法，再找回……
那，瞬間

我朝向詩人
季節細雨紛飛
仍等待
等待
詩

母親

安德烈斯在歌唱
歌唱〈母親，我愛您〉（¡Madre, te quiero!）
激昂熱烈
似乎淚灑我臉
母子情緊密
擁抱都覺得痛

明天，就太遲了……（*Mañana, es muy tarde...*）
他一再，一再
強調

時間向來狠心
當意識親情無價
沙漏已漏盡

安德烈斯在歌唱
歌唱，母親
他的愛

夢想

——致赫迪雅‧嘉德霍姆（Khédija Gadhoum）

眼前，堅強女詩人
翻開她〈未知的土地〉（Terra incognita）
朗誦抒情
朗誦人生境遷
夢想
由突尼西亞
越境
法語、西文、英語
遊走西方國度
撒下希望
綻放在美利堅共和國
一朵柔細卻堅硬
沙漠玫瑰

觀音山

山色倒影
水波盪漾
世俗者妄想收藏
蓋起棟棟高樓
觀音絕美
框鎖在窗
供奉

觀音，是否也曾
流淚

夏秋交際
今年雨
多

漫步淡江

我預計……
決心放鬆
前往會議路途
呼吸悠閒
那，重要開幕場合

意外總是突然錯身

我經歷……
匆忙就緒
由醫院返家梳洗
驅車往淡江，憂心
小兒抱病中

細雨幽然輕撫我頭
情緒緩和
與記憶淡水，相符

忐忑進會議室前
巧遇雅逖（Ati Albarkat）
他詢問小兒病況
溫和眼神
如玻璃電梯外
細雨紛飛

餅，淡水

冬瓜肉餅

綜合鹹鴨蛋、豬肉、芝麻

揉做麵皮的手

包餡淡水海風、人情、還有咖啡香

日夜

烘烤出爐

裝袋禮盒

精緻再精緻

翻新又翻新

小徑

小徑
高爾夫球場旁
通往
一滴水紀念館

翻座山

小徑
高爾夫球場旁
通往
真理大學門

四通八達
走進淡水深幽
卻可能
走進記憶迷宮

秘境稻田

許久前
一塊秘境
和新蓋大樓
相對

許久年後
原來秘靜的田
仍在
遠眺，佇天生國小圖書館
時間不曾離開
換了不同視角
你的愛
仍在

河岸風光

河水送走
往來渡輪
遊客人來人往
輕鬆一張悠遊卡
接連兩岸
左岸，望去
右岸，望回
暗夜底下
燈，費心串起
珍貴珠鍊

大雨

雨落，滴滴
撐起美麗傘
增添烏雲
一抹
紅

記憶

誦，一隻鳥
也許曾飛離眼前
誦，一只蝶
也許曾展翅身形
詠，一片雲
將來會因我流淚
詠，一座山
將來會因我動搖

詩幻化
夜，無法擺脫
記憶

關於福島核災

詩人鎮定，藏起悲傷
大力宣讀
核災，境遷歸來
六十六
年歲輪迴
廣島與福島
誰
可承擔核能核災核武
浩劫
政策，永遠向經濟
一雙雙殘骸的手
無助，只能無助……

人像海報

人頭像
一個接連一個
排列
印在海報
一幅接連一幅
排列
剛毅，冷然

詩人走出海報
談笑風生
跨越了
語言
族群
地域
溫暖，抒情

話淡水

甜甜圈

手拿甜甜圈
沿金色水岸
前行
我尋找
一首記憶的詩
傍晚
路燈照亮水色
甜蜜蜜與兒
玩套圈圈
入夜
鼎沸店家花招
我仍尋不到
那首詩

步道
掛滿詩歌節海報
與咬一口的甜甜圈

聽，鄉愁

——致阿米紐・拉赫曼（Aminur Rahman）

孟加拉語鄉愁
旋律雅致
我正被催眠
回聲音調

鄉愁
如此熟悉

詩人說那枷鎖
鐵條碰撞
回聲

鄉愁，囚禁眾多靈魂
使離鄉者
行屍走肉

壽喜燒（すき焼き）曲

上を向いて　歩こう
涙が　こぼれないように
泣きながら　歩く
一人ぼっちの　夜
一人ぼっちの　夜……

伴隨吉他撥弦
有走唱藝人歌聲
觸動我過往
學日文，每日每夜
感受不了
旋律之淚
意外接獲欣喜
如重逢
友人
沒有寂寞
眾多掌聲中
安可，安可

玻璃詩

玻璃上揮毫
眾多詩人
留有向晚熱情

夜將來臨
惜別宴等候就緒

在倒數時刻
啊，淡水
我能否尋到
玻璃上
栩栩如生的
你
？

晚宴

宴會，例行
致詞，講述熱烈
流連自助餐區
和餐桌
紅酒也跟隨流連
思緒，遊走眾多話語
我們仍尚未準備
此時此刻
晚安曲
奏鳴

離別

詩歌節後
重回悲傷懷抱
我又再次
揮別
向友人
來自台灣各地
來自國外境地

未撫平傷痕
竟匆促
跌進一本本詩集
迷宮中
尋，詩人之心

作者簡介

　　楊淇竹，輔仁大學比較文學博士生，研究領域為1930年代東亞文學，2010年出版碩士論文《跨領域改編：《寒夜三部曲》與其電視劇研究》。在李魁賢教授指導之下，加入「詩子會」，從2014開始發表詩作於《笠詩刊》。出版詩集《生命佇留的，城與城》（2016年）和《夏荷時節》（2017年）。參加2014年智利第10屆【詩人軌跡】詩會，2016、2017年淡水福爾摩莎國際詩歌節，以及2017年祕魯第18屆柳葉黑野櫻、巴列霍及其土地國際詩歌節。

英語譯者簡介

　　王清祿，輔仁大學比較文學博士班。台大外文系碩士、學士。主攻詩歌句法與形式、文學翻譯與研究。從事英美、愛爾蘭詩歌翻譯與賞析，英譯當代台灣詩歌。目前任教開南大學應英系講師，主授翻譯與英美文化。

【英語篇】
Tamsui

Preface

Tamsui— Its Form, Style, and Translation Strategy

The style dominating Yang Chi-Chu's poetry book *Tamsui* is highly impressive in Zen style: brevity, simplicity, and sincerity. I tried my best to make my translation approximate to her style, specifically to her form on the grounds that form in general is so vital and tangible not only the translator can take full advantage of it but readers can also access it. Yang's conspicuous verse form are ingeniously constructed through four literary devices:

1. Almost or completely no punctuation marks,

2. Phrases or incomplete sentences,

3. Sudden transitions,

4. Enjambment (the use of a sentence running over to the next line).

The first three devices above are all characterized with ellipses, much the same as comic strips in which a scene often shifts to another. Also much the same as film directors do editing: by cutting off unnecessary footage they select what clips are the most essential. Some directors have supposedly learned a great deal from comic strips in order to optimize their camera work. Yang makes the best of these devices to snap shots efficiently, rendering her poems extremely focused — yet engaging and perceivable.

When translating I tried to *represent* Yang's poetic features in English—an effort to allow English readers not merely to appreciate her brevity in form and content, but also to sense the "distinctive Taiwanese flavor" through her poems: her passion for the local customs, her deep insight into the local history, her keen sense of the bricks and tiles of local houses, and her vivid portrayal of local mountains and rivers, to name but a few. To achieve this effect, all I could do is exploit English poetic devices, among them, phraseology, syntax, prosody, and line scheme— namely, translating poetry through poetry.

Another striking characteristic of Yang's *Tamsui* is a virtual absence of punctuation, for example, no commas or periods at the end of each line (with the exceptions of question marks in poems number 10 and 26, of a colon in number 10, and of the ellipsis marks in number 1, 5, 6, 10, 11, 14, 21, and 25). Although poetry with no punctuation is nothing new in the world of poetry, only a small number of English poets have ventured it. Take "Once Later," composed by the contemporary American poet William Stanley Merwin (1927-). No punctuation marks are given in the 16-line poem, allowing readers some leeway to spark imagination and awaken multiple associations. Earlier, the poems of imagist William Carlos Williams (1883-1963) are also a good case in point.

Historically, classical Chinese in prose and poetry have no punctuation marks or articles (and nor do most news headlines and advertisements today), making the text visually concentrated. Nevertheless, this is not the only way to brevity. Both modern and ancient Chinese poetry (including prose) dispenses with subjects, prepositions, pronouns, and so on. The composition of *Tamsui* demonstrates that all the above-mentioned poetic devices make lines typographically tidy and semantically pithy, thereby focused.

Vigorously pursuing pithiness, however, may be at the expense of clarity. Lack of clarity invites confusion, ambiguity, or even misunderstanding. Yang's *Tamsui* is not the case; some of her lines are *vague* but intelligible and meaningful in terms of *literariness*, thus open to interpretations. For instance, in poem 18 "The Riverbank Scenery," lines 9 and 10 "Lamps, are painstakingly strung with / Dear beads" are not very clear at first look. But a close reading of it will tend to trigger various interpretations and associations. Admittedly, not all kinds of vagueness work well. The bad kind is too baffling to ignite imagination.

Technically, Yang's poems can be categorized as "unmetered verse." Practically, "free verse" is much more widely known and used because it is easier to understand and remember, even though it was *once* controversial and hotly debated. As most free-verse pomes have no end rhymes, some people dismiss them as unpoetic. Others disagree by asking: Is poetry with end rhymes or with meters good poetry? This is a matter of opinion. Every type of poetry has its champions, as is the case with Ms. Yang's free verse written in modern Chinese.

Like classical Chinese poetry, modern Chinese poetry like Yang's can be extremely compressed—as the Zen catchphrase goes: "Less is more." Whether composed in classical or modern Chinese or in other languages, good poetry of all ages is universally a combination of condensation and refinement, of heart and soul. Yang's *Tamsui* is a very good example of this that speaks of Zen spirit.

Wang Ching-lu, the translator of *Tamsui.*

CONTENTS

Tamsui Night Scene

At the bar in a small café

The stranger looks up at the night sky

Twinkling stars

Falling into the cappuccino coffee, melting

An autumn breeze drifting along

The riverside Tamsui has the hustle and bustle

Blown off

Night, dropping into the coffee cup

From the espresso machine

One drip after another

Comforts

Sleepless strangers

Tamsui Old Street

The delectable smell emanating from
Pan frying, cooking, stir frying, deep frying
Wafts through the streets and lanes
Against Tamsui's sea wind

Countless tourists with cameras
Come and go, snapping pictures
Clear, blurred, close-up, distant-shot

Sunset is watching in silence
Enduring the bustle
Clear, blurred, close-up, distant-shot

The ever-morphing
Streets and lanes

Sunset

A stretch of life's vicissitudes

Sprinkling over the sky along the riverbank

Glory, with hidden sadness

Announces

Separation today

Announces

The future of tomorrow

Time once lingering among

The poets' chanting in chorus

Stops to

Listen for love to the reading

Listen for life to the reading

Listen for the country to the reading

How countless are the mother tongues

KENG... KENG... QIANG... QIANG...

Red Castle

The Qi-li stone and paint created Tamsui's Western style

On the outside, with red bricks sturdy

Stairs in overlapping

Layers shaped Red Castle, loftily

Overlooking

The Tamsui riverbank

Morphing day and night

Ferry

Ships, swaying, swaying

Swaying to Ba-li

A sea wind was by chance

Captured by painters

The once

Charming Old Tamsui

White and red

Architectures facing one another

Businesspeople, painters, priests

Shuttling among them

Along the breeze

Along the riverbank

The breeze singing for the last century

Variegated

Hobe Mackay Hospital

A red-brick architecture

A wall

In the late 19th century

Gorgeous

With the footsteps of medical practice

In a temporary settlement

Mackay the Tamsui resident

Had insights into life

Fort San Domingo

The rise and fall of the nations
And their checkered past
All this remains
Jockeying for the marine power

In the red-brick house
The owner's language
Smelled of something
RING-RING-RING...
Service ring
Spanish, Dutch, English
Transmitting the wisdom of the butlers
Transmitting the influence of the time

In the Empire's hand
Who, would let go of it

The Bethel

Father, please forgive us!

Because we know our deeds and original sin...

       -- "Father, please forgive us!"

In the chapel on the weekend

The poets' music began to be played

Prayers, to God

E—C—H—O—

A pipe organ was being hit

In the ten-story building

With lingering music, wonderful

Note:Cited from Andrés Rivadeneira Toledo's "Father, please forgive us!" translated from Spanish into Chinese by Lee Kuei-shien (李魁賢) in his 2016 *Sea and Land Poetry Love*, page 18.

Little White House

In the long corridor of White House

Pillars propped up the arches of bricks and tiles

Autumn, a season of nostalgia

Curved, curved lines

Remained composed

Clear and rainy

Came the cloud

Went the cloud

White, resolute and reserved

Bronze Statues

The statues of President, passé

The statues of the Tamsui resident Mr. Mackay

Have long been erected one after another

These bronze statues

Dwelling on people's hearts

Memorized forever

Tenderness, treading here and there

Tamshui Fisherman's Wharf

On the wharf

No fishermen

Ships were going inshore

At night, hitting was the sea wind

A seven-colored bridge

In the splendid sky

Daily visitors watching the night sight

On the wharf

Came the poet

The ship setting out

At sunset, afterglow was sparkling

Poetic inspiration reflecting back

Afternoon clouds

Pursuing poetry chanting

Poetry, How Did You Get Here?

The poet seriously

Asked...

Are you a poet?

Andrés Rivadeneira Toledo, in sonorous Spanish, replied:

Poetry is a heteronomous concept, not autonomous.

> *(Poetry is a heteronomous concept, not autonomous.)*

He discussed poetry, read poetry, confessed feelings

Mario Mathor spoke next in fluent Spanish

In detail...

Poetry, how did you get here

Last year the Sun Moon Lake evoked poetic feelings

An improvised

Poem, its inspiration at that moment could

Never, never be called back...

That, moment

I moved toward the poet

In the season of drizzling rain

Still awaiting

Awaiting their

Poems

Note:During his stay in Taiwan, Andrés Rivadeneira Toledo used the
Spanish language all the way, along with a Chinese interpreter and
English lecture notes. The quotes here from him are English.

Mother

"Mother, I love you!"

Sang Andrés,

So passionately

Tears running down my face

The mother and son were bound up

So closely that even a hug could be painful

Tomorrow, it's too late...

He again, an' again

Stressed

Time's always callous

When aware of priceless familial love

Sand in the hourglass had run out

Andrés was singing

Singing, Mother

His love

A Dream

— To Khédija Gadhoum

Now, a persevering woman poet

Opened her "Terra incognita"

Reading lyric poems

Reading the course of one's life

Dreaming of

Moving out of Tunisia

Through the border

Using French, Spanish, English

Traveling in the kingdom of the West

Spreading the hope that

Bloomed in the United States of America

A soft but sturdy

Desert rose

Guanyin Mountain

The inverted-image hills

The rippling water

By no means does the world collect them

Tall buildings are rising one after another

Guanyin's timeless beauty

Locked in the window frame

Is being enshrined

Guanyin, has she once

Shed tears

In the shift between summer and autumn

This year it rained

A lot

Strolling in Tamkang

I expected...

Decided to relax

On my way to the Conference

Breathing leisurely

That, was an important Opening

The Unexpected is always missed out

I've experienced...

Getting ready in a hurry

From the hospital I went back home to bath

Then drove to Tamkang, worried about

My sick son

The drizzle gently stroking my head

Making me soothed

Echoed the memory of Tamshui

淡水

Tamsui

So anxious before entering the conference room

I ran across Ati Albarkat

He asked about my son's sickness

With the tender eyes

Like the rain drizzling

Outside the glass elevator

Cake, Tamsui

White-gourd meat pies

Mixed with salted duck egg, pork, and sesame

The hands knead dough

Stuffed with Tamsui's sea wind, human warmth, and coffee aroma

Day and night

Fresh from the bakery

Cased and Wrapped

Refined and refined

Innovated and innovated

Paths

A path
Beside the golf course
Leads to
The Drop of Water Memorial Hall

Beyond the hill

Another path
Beside the golf course
Leads to
The gate of Aletheia University

Widely accessible
A walk into the recess of Tamsui
May instead
Lead to a memory maze

The Secret Paddy Field

Long ago

A secret place

And a new building

Faced each other

Many years later

The once secret tranquil field

Remained there

In the distance stood Tiansheng Elementary School Library

Time had been lying there

Now with a different eye

Your love

Remains

The Riverbank Scenery

The river sends off

Ferries coming and going

Tourists coming and going

Relaxed along with an EasyCard

Connecting both sides

The left bank they look forward at

The right bank they look back at

Under the dark night

Lamps, are painstakingly strung with

Dear beads

Heavy Rain

Rain falling, drip after drip

Unfolded the beautiful umbrella

The dark clouds joined

A stroke of

Red

Memory

Recite. A bird

May have flown by

Recite. A butterfly

May have spread its wings

Chant. A cloud

Will be crying for me

Chant. A mountain

Will be moving for me

Poetry metamorphoses

Night, no way out of the

Memory

About Fukushima Nuclear Disaster

The poets, calm, hiding sorrows

Returning after things changed

Read aloud from the nuclear disaster

Sixty-six

Years of the cyclic recurrence of

Hiroshima and Fukushima

Who

Is to blame for nuclear disasters and wars

Holocaust

Policies, are always subject to economy

Pairs of wrecked hands

Helpless, simply helpless...

Portrait Posters

Pictures of heads

One after another

In a row

Printed in posters

One after another

In a row

Resolute, calm

The poets were now walking out of the posters

Talking jovially

Moving beyond

Languages

Ethnic groups

Regions

Warm, tender

Talking about Tamsui

Donuts

With donuts in the hand
Along the golden banks of the water,
Proceeding
I was searching for
A poem about the memories
In the evening
The road lamps lit up the color of the water
Sweetly my son and I were

Playing ring-toss games
As dark came
Bustling shops playing sales gimmicks
I failed to find out
That poem

On all the stairs
Hang the posters of Poetry Festival
With a bite into a donut

Listen, Homesick

—To Aminur Rahman

Homesick for the Bengalese language

By the elegant melody

I'm being hypnotized

In vocal resonance

Homesick

So familiar

Poets say the iron

Fetters clashed with

Echoes

Homesickness, imprisons countless souls

Making expatriates

Become the walking dead

Song of Sukiyaki

上を向いて　歩こう	*Upright. Walk forward*
涙が　こぼれないように	*Lest tears fall down*
泣きながら　歩く	*I shed tears while walking*
一人ぼっちの　夜	*Alone all night*
一人ぼっちの　夜……	*Alone all night...*

With the accompanying guitar music

The wandering singer plucked at the strings

His voice touched me on the past

I learned Japanese, every day, every night

But failed to feel

That Melody's Tears

To my surprise and delight

I was reunited with

Friends

Not feeling lonely

Among so many applauses

Encore, encore

Poems on the Glass

Writing with a brush on the glass

So many poets

Gave dusking-passion words

Coming soon was night

Ready was the farewell banquet

At the countdown

Alas! Tamsui

How could I find out

On the glass

The lively

You

?

Banquet

At the banquet, a routine

Speech, lively delivered

Lingered in the buffet hall

Around the tables

So did the red wine

So did thoughts around many chats

Not prepared were we

At the moment

Lullaby

Sonata

Separation

After Poetry Festival

Back into Sorrow's Arms

I once again

Waved

Farewell to my friends

From around Taiwan

From around abroad

Not-yet-alleviated wounds

Suddenly

Fell into one poetry book after another

In a maze

Search, for the poet's heart

About the Author

Yang Chi-chu, (b. 1981), a doctoral student in Comparative Literature at Fu Jen Catholic University, Taiwan, specialized in East Asian Literature in the period of 1930s. She published her master thesis *"Interdisciplinary Adaptation: A Study of the Narrative and TV series of the Trilogy of Wintry Night"* in 2010, as well as poetry books *"Living Among Cities"* in 2016 and *"In the season of Summer Lotus Blossom"* in 2017. She participated 2014 "Tras las Huellas del Poeta" International poetry meeting in Chile, 2016 Formosa International Poetry Festival in Tamsui, Taiwan, and 2017 Capulí Vallejo y Su Tierra in Peru.

About the English Translator

Wang Ching-lu, a doctoral student in Comparative Literature at Fu Jen Catholic University, Taiwan, particularly exploring the verse syntax and forms in English and Chinese translation. Mr. Wang has been working on the Chinese translation of English and Irish poems, the English translation of modern Taiwanese poems, and poetry analysis and criticism. He earned his bachelor's and master's degrees from the Department of Foreign Languages and Literatures at National Taiwan University; now a lecturer of Kainan University teaching translation and Anglo-American culture.

【西語篇】
Tamsui

Prefacio

El estilo y las estrategias de la traducción al inglés de *Tamsui*

El estilo de las poesías de Chi-chu Yang es similar al minimalista en cuanto que se refiere a Zen. Al hablar de su contenido, podemos destacar tres características generales: la sencillez, la humildad, y la sinceridad. La forma de su poesía también es minimalista, por eso cuando yo traducía las poemas al inglés, quería acercarse al estilo de Yang tanto como sea possible. Esto porque la forma dentro de una poesía es muy importante, además es fácil verlo particularmente, y es necesario señalar las siguientes explicaciones:

1. La omisión de las puntuaciones.

2. Los fragmentos de las oraciones: las oraciones y las frases incompletas

3. La fractura y salto: parecido al cambio instantáneo de las diferentes y varias escenas por parte de un director de cine.

4. Intercalado de oraciones: la semántica perfecta de una oración se trasforma en la siguiente línea.

Los puntos uno, dos y tres citados arriba tienen unas características de las escenas sencillas y cortadas, para obligar al lector a suplir los espacios vacíos.

Las técnicas de esta composición se enfatizan en la caricatura especialmente, sin importar si la escena sea de una o varias imágenes: es un estilo de salto para enfocar el objetivo. Muchos directores de cine aprenden de las caricaturas de modo que controle el lente con mayor precisión. Chi-chu domina con creces y con gran efectividad emplea los lentes para capturar las imágenes, explotando a lo máximo la sencillez.

Por lo tanto, la traducción al inglés de los poemas coleccionados en este libro se acercan mucho al estilo sencillo de Chi-chu, demostrando la forma fina de la poesía china al inglés, lo cual permite al lector inglés sentir "la esencia taiwanesa" de la poeta: su amor por cada costumbre local, la comprensión histórica, cada ladrillo y teja, cada montaña y río de Taiwán. Por eso la estrategia de traducción no sólo se enfoca en el significado (contenido) sencillo del texto original, sino que en el formato (forma) también se acerca a la sencillez del texto original todo lo possible. En este sentido, es necesario dar énfasis en las relaciones de sus oraciones, sintaxis, ritmo y verso cuando traduce los poemas.

Otra característica distintiva de los poemas de Chi-chu es la omisión de las puntuaciones. Muchas poesías en inglés también tienen estas características, por ejemplo, el poeta estadounidense contemporáneo muy famoso, William Stanley Merwin (1927-), sus poemas en inglés también casi no tienen ningunas puntuaciones ni puntos finales, como en los 16 versos de toda la poesía ¨Once Later¨, no tiene una puntuación, para que el lector se llene de imaginación. Además, el poeta imagista William Carlos William (1883-

1963), uno de los primeros poetas de los Estados Unidos, también tiene esta característica.

De hecho, la poesía clásica china tampoco tiene las puntuaciones ni los artículos, así como los anuncios clasificados y los títulos en chino e inglés. Aún la poesía moderna china (incluyendo prosas), también se omiten con frecuencia los sujetos, las preposiciones y los pronombres, y esto visualmente es refrescante. En general, esta sencillez refleja las características de los poemas de Chi-chu: en un estilo muy conciso y enfocado.

Aunque los poemas de Chi-chu son minimalistas, si tuvieran ambigüedades, por lo general, es permitido dentro de la "literariness" y también es una norma de las poesías modernas, por esta razón, se han dado la apertura y su flexibilidad a la imaginación e interpretación, con el objetivo de lograr la participación del lector. Por ejemplo, en las líneas 9-10 del verso 18 ¨Luces, enlazados de forma laboriosa/perlas preciosas¨. Sin embargo, de ninguna manera se permite la ambigüedad como quiera, de lo contrario, sería incomprensible, y tampoco estimularía nuestra imaginación.

Los poemas de Chi-chu se pueden clasificar como ¨los versos sin medida¨. Tal vez algunos podrán denominarlas como ¨poesía libre¨, pero éste último tenía la discusión polémica en el pasado, ya que es fácil de recordar, hoy se ha convertido en un título aceptado por la multitud, pero aun así hay personas que se preguntan: ¿una buena poesía debería tener rima? ¿es aceptada por todos? Esto solo se puede decir que es una cuestión controvercial con sus defensores diferentes.

En realidad, el texto en chino vernacular también puede ser conciso. El estilo minimalista de los poemas de Chi-chu se acercan al chino clásico, que incluyen contenido y forma. De acuerdo a una frase popular: lo poco es mucho, está confirmando que los poemas son una integración de pureza, fineza, espiritualidad y emoción. No importa si escribe en chino clásico o vernacular, a lo largo de los tiempos, los poemas de Yang son la mejor interpretación.

Wang Ching-lu (traductor de inglés de esta obra)

CONTENIDO

Paisajes nocturnos de Tamsui

En un bar de una cafetería pequeña,
miro hacia el cielo nocturno
las estrellas resplandecientes
que caen en el capuchino y se derriten.

El paso lento del otoño
La ribera de Tamsui ha borrado
los ruidos.

La noche, desde una cafetera espresso,
gota a gota
caen dentro de la taza de café
para aliviar
el insomnio del viajero.

Calle vieja de Tamsui

Se esparcen miles de fragancias
Salteado, hervido, dorado, frito
Se llena toda la calle
dependiendo de las brisas marinas de Tamsui.

Las varias cámaras de los turistas
van y vienen
con las fotos de claridez, de falta de nitidez,
de acercamiento, y de plano largo.

El sol contempla en el silencio
soportando la conmoción
con las fotos de claridez, de falta de nitidez,
de acercamiento, y de plano largo.

Hay una renovación continua
por toda la calle.

La puesta del sol

Una vicisitude

esparce en el cielo de la ribera

La gloria que esconde el pesar

anuncia

el día de la separación;

anuncia

el día de mañana.

El tiempo ha estado fluyendo

entre los cantos y las voces del poeta.

Deténgase

Escuche el recital para el amor.

Escuche el recital para la vida.

Escuche el recital para la nación.

Muchas lenguas maternas

suenan los sonidos placenteros…

El Castillo Rojo

Las rocas de Chili representan el panorama de Tamsui con el estilo
  occidental.
Por fuera del Castillo, los ladrillos rojos demuestran su fortaleza;
las capas de las escaleras se apilan,
y están exhibiendo su orgullo
para observar
la ribera de Tamsui
y los cambios durante el día y la noche.

Transbordador

Los barcos, mecen y mecen,

meciendo hacia Bali.

Las brisas marinas por casualidad

son capturados por el pintor.

Una vez

En el espléndido viejo Tamsui,

con los colores blanco y rojo

sus edificios que se miran entre sí,

los empresarios, los pintores, y los misioneros

traspasaban por toda la ciudad

a lo largo del viento,

a lo largo de la ribera.

Las brisas cantan el siglo pasado,

multicoloridas y divertidas.

El hospital del médico Mackay

Un edificio de ladrillos rojos,
y una pared
en el fin del siglo 19
eran maravillosos.

Los pasos del médico
acomodaban temporalmente.

Mackay era un gran hombre de Tamsui,
quien discernía la vida completamente.

Fuerte de Santo Domingo

El auge y el declive de la nación poderosa
con las marcas en la historia
todavía se hallan
las guerras navales entre las fuerzas armadas.

Dentro de los cuartos con ladrillos rojos,
el idioma de su propietario
se ve la causa,
ring ring ring…
Suena la campana para el servicio,
hablando en español, holandés, e inglés,
es una evolución de la sabiduría del portero;
es una evolución de la época cambiada.

Las manos del imperialismo
quiénes quieren soltar?

Capilla

¡Padre, perdónanos!

Porque sí sabemos lo que hacemos y pecamos...

——¡PADRE, PERDÓNANOS!, Andrés Rivadeneira Toledo

En la capilla del fin de semana,

toca la música del poeta,

ora a Dios,

resonando…

golpea el órgano.

Dentro del edificio de diez pisos,

retumban las melodías maravillosas.

Pequeña Casa Blanca

Las columnas del recibidor de la Casa Blanca
sostienen los arcos de ladrillo.
Los recuerdos del otoño
con las líneas dobladas
son indiferente.
En el día soleado o lluvioso,
se vienen,
y se van las nubes.
Su blanco, es fuerte y tranquilo.

Estatua de bronce

La estatua del presidente es anticuada.

Los ciudadanos de Tamsui, sin embargo,

habían convertido la imagen del señor Mackay

en una estatua de bronce,

grabada en sus corazónes

para recordar eternamente.

El tierno sentimiento se esparce por toda la tierra.

Muelle de pescadores de Tamsui

En el muelle,

no hay pescadores, y

los barcos están en la ribera.

En la noche, la brisa del mar invade.

El puente refleja los siete colores del arcoíris,

bajo un cielo espléndido repleto de estrellas, y

las personas observan el paisaje nocturno entre semana.

En el muelle,

vino un poeta, y

arranca el barco.

En la puesta del sol, con luz brillante,

un interés poético se reflejaba.

Las nubes por la tarde

cantaban el viento en búsqueda de la poesía.

La poesía, ¿cómo te vienes?

El poeta se pone serio,

y le pregunta

¿Eres un poeta?

Andrés Rivadeneira Toledo canta con su potente voz:

"Poesía es un concepto heterónomo, no autónomo".

Hablando de la poesía, leyendo la poesía son para expresar las

emociones.

Mario Mathor sigue un estilo de español fluido.

Susurra…

La poesía, ¿cómo te vienes?

El año pasado, mi emoción poética fue afectado por el Lago Sol y

Luna.

Una poesía

improvisada, era de la inspiración al instante

no podía buscar

aquel momento muy breve.

Me dirigí hacia el poeta
en la llovizna de la temporada,
todavía estoy esperando,
y esperando
la poesía.

La madre

Andrés está cantando

la canción: ¡Madre, te quiero!

con sus pasión y entusiasmo,

como esparza sus lágrimas sobre mi cara.

Entre la madre y su hijo existe cierta afinidad

de modo que les duelan de un fuerte abrazo.

"Mañana, es muy tarde.."

Él enfatiza

una y otra vez,

el tiempo es muy cruel,

cuando se da cuenta de que los afectos de la familia son inestimables,

Ya se ha terminado el reloj de arena.

Andrés está cantando,

cantando su madre,

su amor.

Los sueños

– a Khédija Gadhoum

En mi frente, está una poeta con fuerte ímpetu.

Abrimos su "Terra incognita",

recitamos los sentimientos líricos,

recitamos los cambios de la vida.

Los sueños

desde Túnez

pasan las fronteras,

con los idiomas de francés, español, inglés

paseando por los países occidentales,

esparciendo una esperanza,

que florece en los Estados Unidos.

Es la rosa en el desierto

delicada pero fuerte.

Monte Guanyin

En el río, se reflejan las sombras de las montañas.

Sus aguas ondulan

que los seculares construyen los edificios muy altos

para que anhelen coleccionarlos.

La gran belleza de Kuanyin

se enmarca en la ventana

para hacer sus devociones.

Kuanyin, no sé si

ha llorado?

Durante los meses entre verano y otoño,

este año llueve

mucho.

Un paseo en Tamkang

Supongo que…

decido a relajarme,

cuando voy a una conferencia

con mi respiración ociosa.

Ahí, en el escenario de apertura muy importante,

los asuntos siempre ocurren de repente.

Era una experiencia que…

me preparaba de prisa

para lavarme después de ir a casa desde el hospital.

Cuando fui a la Universidad de Tamkang en coche, me seguía
    preocupando

por mi niño enfermo.

La llovizna acariciaba suavemente mi cabeza,

aliviando los emociones de angustia,

con la memoria de Tamsui, coincidió.

Tamsui

Antes de entrar a la sala de conferencias, estaba perturbando,

encontré Ati Albarkat.

Él me preguntó por la condición de mi hijo.

Su mirada suave

como la llovizna

que caía ligeramente fuera del ascensor de vidrio.

Los Los pasteles de Tamsui

Los pasteles de carne y calabaza blanca

se mezclan con las yemas saladas, la carne de cerdo, y sésamos.

Las manos para amasar la harina

rellenan con otros ingredientes como la brisa del mar, las simpatías y

    el aroma de café.

Día y noche,

se hornean los pasteles, y

se envuelven en las cajas de regalo,

mejores y mejores,

más nuevas y más renovadas.

Callejones

Los callejones

están al lado del campo de golf

y se dirigen

al Salón Conmemorativo de Una Gota de Agua.

Traspasando las montañas...

Los callejones

al lado del campo de golf

y se dirigen

a la puerta de la Universidad de Aletheia

con conexiones a todas las partesAdentrándose a las profundidades

    de Tamsui,

es probable que

ingrese en un laberinto de memoria.

Arrozales místicos

Hacía mucho tiempo,

había un lugar místico que

estaba opuesto

a un edificio nuevo.

Muchos años después,

la finca serena

todavía está allí.

Fijo la vista en la biblioteca de la escuela primara de Tien shen.

El tiempo nunca se ha alejado,

sólo cambia de una perspectiva diferente.

Tu amor

todavía está aquí.

El paisaje de la ribera

El agua del río envía

los transbordadores.

Los turistas van y vienen

hábilmente con una EasyCard

conectando ambos puertos.

Desde el margen izquierdo de la ribera, mira hacia adelante;

desde el margen derecho de la ribera, mira hacia atrás.

En la noche oscura,

las lámparas se interconectan entre sí

un precioso collar de perlas.

Fuertes lluvias

Caen las lluvias, gota a gota
vamos a abrir los paraguas,
añadiendo a las nubes
un toque de
rojo

La memoria

Recito, un pájaro

tal vez ha volado frente de mí.

Recito, una mariposa

tal vez ha desplegado las alas.

Canto, una nube

que en el futuro llorará por mi.

Canto, una montaña

que en el futuro se moverá por mi.

El poema se ha transformado en

una noche, no se libra de

la memoria.

Acerca del desastre nuclear de Fukushima

El poeta está en calma, y esconde su tristeza,

anunciando vigorosamente

el desastre nuclear, llega y vuelve

a los sesenta y seis

años de reencarnación

en Hiroshima y Fukushima.

Quién

puede aguantar las energías nucleares, sus desastres y los armas

nucleares,

son calamidades catastróficos.

Las políticas, siempre se dirigen a la condición económica,

las manos vulnerables

son impotentes, no pueden hacer nada…

Póster de los retratos

Los retratos

una tras otra

están en orden

imprimidos en los pósteres,

uno tras otro

están en orden

duros y rígidos.

El poeta sale de los pósteres,

y habla alegremente,

sobrepasando

el idioma,

las etnias,

y las regiones

con su lenguaje amable y lírico.

Vamos a hablar de Tamsui

Las rosquillas

Tomo una rosquilla

caminando a lo largo de la costa dorada,

hacia adelante

busco

un poema de memoria.

En el atardecer,

los alumbrados públicos iluminan el río.

Las dulzuras con mi hijo

están disfrutando del juego de lanzamiento de anillas.

En la noche,

de las bulliciosas y ruidosas tiendas

aún no encuentro

ese poema

A lo lago de los senderos

cuelgan los pósteres del festival de poesía

y las rosquillas que se han tomado con una picadura.

Escuchar, las nostalgias del pueblo

– Aminur Rahman

Las nostalgias en idioma bengalí
sus melodías son elegantes.
Me estoy hipnotizando
por el eco de los sonidos.

Las nostalgias del pueblo
son tan familiares.

El poeta dijo que ese yugo
con golpes de su cadena de hierro,
se hace el eco.

Las nostalgias del pueblo, encarcelan muchas almas
de manera que aquellos que están tan lejos de sus casas,
se parezcan a los muertos vivientes.

Canto al sukiyaki

上を向いて　歩こう
涙が　こぼれないように
泣きながら　歩く
一人ぼっちの　夜
一人ぼっちの　夜……

Acompañando el ritmo de la guitarra,

los cantos de los artistas resuenan,

que tocan a mi pasado.

aprendía el japonés, cada día y cada noche

no podía sentirme

las lágrimas de las melodías.

Recibí una alegría inesperada

sería como reencontrarse

con un amigo,

no hay soledad.

Con muchos aplausos,

¡encore, cncore!

El poema al vidrio

Escriben con libertad en el vidrio

muchos poetas

manteniendo sus entusiasmos por la tarde.

La noche va entrando,

mientras la cena de despedida está preparada.

Durante la cuenta regresiva,

Ay, Tamsui

¿Acaso podré encontrarte

en el vidrio

de forma real y natural?

El banquete

En la rutina del banquete,

hay discursos expresados con entusiasmo,

nosotros nos quedamos como vagabundos en la zona de buffet

y alrededor de las mesas,

también los vinos tintos merodean.

Los pensamientos, recorren entre muchas palabras,

todavía no hemos preparado.

En este momento,

la canción de Sweet Dreams

está sonando.

La despedida

Después del Festival de Poesía,
vuelvo a los brazos de la tristeza.
Una y otra vez,
digo adiós
a los amigos
desde diversos lugares de Taiwán,
desde diversos lugares del extranjero.

Aún no curo las heridas,
de repente y de sorpresa,
caigo dentro de un montón de libros de poesía,
dentro del laberinto,
estoy buscando, el corazón del poeta.

Poestisa

Chi-chu Yang es una estudiante del Programa Doctorado en Literatura Comparada en la Universidad Católica Fu Jen de Taiwán. Especializada en la literatura de Asia Oriental durante 1930, su tesis de maestría "Adaptación Interdisciplinaria: un estudio de novelas y series TV de *Wintery Night Trilogy*" fue publicada en 2010. Bajo la dirección del profesor Kuei-Hsien Li, se hizo miembro de Encuentro con la Poesía. Desde 2014, ha empezado a manifestar sus poemas en la Revista bimensual *Poesía Li*. Ha publicado las obras *Lo que ha dejado la vida, ciudad y ciudad* (2016) y *Flor de loto en temporada de verano* (2017), y participado en la décima reunión de Tras las Huellas del Poeta en Chile en 2014 y el Festival Internacional de Poesía de Tamsui de Formosa en 2016. Además, asistió en 2017 el décimo octavo Festival de Poesía Capulí Vallejo y Su Tierra en Perú.

Traductora

Isabel I-ting Su, se doctoró en la Universidad Católica Fu Jen en 2016 y se especializa en la literatura comparada y los estudios sobre la traducción.

蘇逸婷，輔仁大學跨文化研究所比較文學博士。

語言文學類　PG1983　台灣詩叢07

淡水 Tamsui
——楊淇竹漢英西三語詩集

作　　　者／楊淇竹（Yang Chi-chu）
英語譯者／王清祿（Wang Ching-lu）
西語譯者／蘇逸婷（Isabel I-ting Su）
叢書策劃／李魁賢（Lee Kuei-shien）
責任編輯／林昕平
圖文排版／周妤靜
封面設計／楊廣榕

發 行 人／宋政坤
法律顧問／毛國樑　律師
出版發行／秀威資訊科技股份有限公司
　　　　　114台北市內湖區瑞光路76巷65號1樓
　　　　　電話：+886-2-2796-3638　傳真：+886-2-2796-1377
　　　　　http://www.showwe.com.tw
劃撥帳號／19563868　戶名：秀威資訊科技股份有限公司
　　　　　讀者服務信箱：service@showwe.com.tw
展售門市／國家書店（松江門市）
　　　　　104台北市中山區松江路209號1樓
　　　　　電話：+886-2-2518-0207　傳真：+886-2-2518-0778
網路訂購／秀威網路書店：https://store.showwe.tw
　　　　　國家網路書店：https://www.govbooks.com.tw

2018年4月　BOD一版
定價：200元
版權所有　翻印必究
本書如有缺頁、破損或裝訂錯誤，請寄回更換

國家圖書館出版品預行編目

淡水 Tamsui : 楊淇竹漢英西三語詩集 / 楊淇竹
　著；王清祿英譯；蘇逸婷西譯. -- 一版. --
　臺北市：秀威資訊科技, 2018.04
　　面；　公分. -- (台灣詩叢；7)
　BOD版
　ISBN 978-986-326-539-9(平裝)

851.486　　　　　　　　　107003422

讀 者 回 函 卡

感謝您購買本書，為提升服務品質，請填妥以下資料，將讀者回函卡直接寄
回或傳真本公司，收到您的寶貴意見後，我們會收藏記錄及檢討，謝謝！
如您需要了解本公司最新出版書目、購書優惠或企劃活動，歡迎您上網查詢
或下載相關資料：http:// www.showwe.com.tw

您購買的書名：＿＿＿＿＿＿＿＿＿＿＿＿＿＿＿＿＿＿＿＿＿＿＿＿

出生日期：＿＿＿＿＿＿年＿＿＿＿＿＿月＿＿＿＿＿＿日

學歷：□高中 (含) 以下　　□大專　　□研究所 (含) 以上

職業：□製造業　□金融業　□資訊業　□軍警　□傳播業　□自由業
　　　□服務業　□公務員　□教職　　□學生　□家管　　□其它＿＿＿＿

購書地點：□網路書店　□實體書店　□書展　□郵購　□贈閱　□其他

您從何得知本書的消息？

　□網路書店　□實體書店　□網路搜尋　□電子報　□書訊　□雜誌

　□傳播媒體　□親友推薦　□網站推薦　□部落格　□其他＿＿＿＿＿＿

您對本書的評價：(請填代號　1.非常滿意　2.滿意　3.尚可　4.再改進)

　封面設計＿＿＿　版面編排＿＿＿　內容＿＿＿　文／譯筆＿＿＿　價格＿＿＿

讀完書後您覺得：

　□很有收穫　□有收穫　□收穫不多　□沒收穫

對我們的建議：＿＿＿＿＿＿＿＿＿＿＿＿＿＿＿＿＿＿＿＿＿＿＿＿

＿＿＿＿＿＿＿＿＿＿＿＿＿＿＿＿＿＿＿＿＿＿＿＿＿＿＿＿＿＿＿＿

＿＿＿＿＿＿＿＿＿＿＿＿＿＿＿＿＿＿＿＿＿＿＿＿＿＿＿＿＿＿＿＿

＿＿＿＿＿＿＿＿＿＿＿＿＿＿＿＿＿＿＿＿＿＿＿＿＿＿＿＿＿＿＿＿

11466
台北市內湖區瑞光路 76 巷 65 號 1 樓

秀威資訊科技股份有限公司 收

BOD 數位出版事業部

....

（請沿線對折寄回，謝謝！）

姓　　名：＿＿＿＿＿＿＿＿　年齡：＿＿＿＿　性別：□女　□男

郵遞區號：□□□□□

地　　址：＿＿＿＿＿＿＿＿＿＿＿＿＿＿＿＿＿＿＿

聯絡電話：(日) ＿＿＿＿＿＿＿＿＿　(夜) ＿＿＿＿＿＿＿＿＿

E-mail：＿＿＿＿＿＿＿＿＿＿＿＿＿＿＿＿＿＿＿